Avis i néts

PIEM

AVIS I NÉTS

Manual d'ús

Prefaci de Marcel Biard

EDICIONS La campana

EDICIONS LA CAMPANA
ha publicat un altre llibre de PIEM:

Els fanàtics del futbol

1a. edició: abril 1992

Títol original: «Petits enfants, grands parents»

Balmes, 61, 3er. 3a. 08007 Barcelona
Tels. 453 16 65/451 27 68 - Fax 451 89 18

Traducció: Josep M. Espinàs
ISBN: 84-86491-66-5
Dipòsit legal: B. 15.551 - 1992
Fotocomposició: JOSA (Sabadell)
Imprès a Romanyà/Valls. Capellades. Barcelona.

prefaci

Si el traç no existís, caldria inventar-lo. La humanitat no pot imaginar tot el que deu a aquells primers artistes del món que, un dia, van gravar uns traços en la roca, signes tangibles i fantàstics de la intel·ligència. Els especialistes encara no han acabat de desxifrar els missatges impresos fa 16.000 o 20.000 anys en les parets de les coves.

Un traç no és res i ho és tot.

Res: una ratlla, més o menys fina, més o menys sinuosa que camina sobre el paper o s'inscriu en la pedra segons la fantasia de l'home...

Tot: la mà de l'home de les cavernes, ahir —o abans d'ahir—, o la de l'infant d'avui que s'obre a la vida, signen la voluntat de transmetre una emoció, una idea.

El traç és un prodigiós vector de comunicació, i per tant d'intercanvi, de diàleg.

Piem utilitza en aquest llibre els recursos del dibuix —i ningú no se n'estranyarà— i de l'escriptura, una faceta menys coneguda del seu talent. Avi feliç, ofereix a la vostra sagacitat i a la vostra perplexitat, a la vostra capacitat de reflexió i d'admiració, aquests dibuixos la majo-

ria dels quals han aparegut a Notre Temps —la revista dels avis per excel·lència— i aquests textos inèdits, que són també... traços de la vida quotidiana.

Traços aguts, naturalment, perquè a Piem, humorista fi i guspirejant, d'enginy no n'hi falta pas.

I a vegades, acerats. Els fets de cada dia ens porten una colla de tics i de gestos que és bo de descobrir per conèixer millor els que són risibles i poder-los excorcisar.

Traços d'unió, sempre. El Piem que fibla porta el cor a la mà. Com tots els avis del món, es rendeix davant d'un somriure i, sovint, eixuga la llàgrima que perleja en uns ulls commoguts.

Traços, simplement. Piem, el filòsof, sap analitzar els comportaments, les evolucions, els valors dels homes i dels temps. Les escenes plantejades i les idees que les enriqueixen il·luminen de ple la civilització dels avis.

Dels avis que, a les portes del segle XXI, continuen tenint «un cor així de gran» per comprendre i estimar llargament, perquè la tercera etapa de la vida tendeix a convertir-se en el tercer terç de l'existència. Els avis força joves i els avis ja molt vells no són, com abans ho eren, l'excepció. El cercle familiar s'eixampla, per parentiu i per esclatament, o per aliances successives, si volem dir-ho de manera positiva. En les grans famílies múltiples o dispersa-

des, doncs, els avis asseguren la solidesa, la perennitat, tranquil·litzen i apleguen, transmeten confiança.

Es mobilitzen per «encarrilar» els menuts, i s'apoderen amb entusiasme i competència del seu paper d'educadors, encara que la seva experiència, tot i que sigui molta, no els permet pas sempre de contestar els «per què» ni els «com» d'avui dia.

Esdevenen, sovint, els confidents dels adolescents que uns pares super-ocupats o angoixats no poden comprendre. No és senzill veure-hi clar, i encara menys adoptar una posició davant d'amistats que es lliguen i es deslliguen... No és fàcil consolar en cas d'un (gran) disgust d'amor (massa) precoç. Però almenys estan disponibles i oberts a allò que, en el nostre món accelerat, s'ha fet rar: escoltar. L'escolta atenta i pacient que allibera i fa existir, l'escolta que és una prova de tendresa i d'amor.

Els avis... Però si volem aprofundir massa, ens arrisquem a oblidar-nos de l'essencial: l'impuls d'un ser vers un altre ser.

Parlar dels avis és també flairar la seva vida personal, introduir-se en el tercer temps del vals. Un nou temps fet per a la vida i l'efusió. Una altra etapa avançant per un altre camí, amb les seves roderes marcades, és cert, però també amb flors i paisatges desconeguts que es troben a cada revolt, i amb la càlida trobada amb d'altres viatgers que cerquen aigua fresca i goig de viure.

Un traç ho és tot, ja us ho deia.

I si els avis no existissin, caldria inventar-los.

I Piem també...

Marcel Biard
Director de Redacció
de Notre Temps

A Elisabet

A Thomas
Sophie
Florence
Juliette
Zoé
Manon

Els avis són:

somrients
disponibles
imaginatius
generosos
savis
atents
pacients
útils
conciliadors
tendres
mal·leables
perplexos

Els avis no són:

vells

acord estel·lar

De nit, quan el cel és negre, l'avi m'explica les estrelles.

De fet, ell no les coneix pas, i tot dos, ell i jo, ho sabem molt bé, però això no té importància.

Sempre comença parlant del Carro Gran. És el sector del meu avi, el meu és el del Carro Petit.

Cadascú de nosaltres té la seva estrella Polar, però sempre és la seva la que té més llum.

A partir d'aquí la cosa es fa més difícil, però no és cap problema; estem bé, junts.

Ell diu:

—Mira, allà hi ha el Dragó.

Jo dic:

—On?

Ell allarga el braç:

—Allà.

Jo dic:

—Sí, ja el veig.

Això el fa feliç, i a mi també.

Quan l'avi contempla l'eternitat, ell i jo ens sentim molt a prop.

anunciació

Aleshores, ella mirà l'avi, amb tendresa, la cara se li envermellí i, agafant-li la mà, li va dir abaixant tímidament la mirada: «Em penso que seré àvia».

bones notícies

Hem rebut quatre ratlles de la nostra jove parella. Les notícies són bones. Després d'uns començaments difícils, que ens van preocupar una mica, sembla que hagin retrobat un cert equilibri; d'altra banda, la Roser espera el tercer fill.

La seva instal·lació a la Garrotxa va per bon camí. En Pau ha muntat un petit taller de terrissa. Comença fent platets per posar-los sota les botelles; l'empleat de la companyia elèctrica que ha pujat fins a casa seva per tallar-los el corrent ha dit que no seria impossible que ell mateix n'aconseguís de vendre un o dos a les seves amistats.

La Roser ha aconseguit finalment fer els seus formatgets de cabra; han posat un rètol a la carretera; n'esperen resultats positius.

Mentrestant, la Roser ens envia fortes abraçades i et pregunta si no podries pas, excepcionalment, avançar quinze dies la tramesa del petit xec.

bucòlica

En el nostre país, encara podem trobar avui, amb una mica de sort, l'àvia-atenta en un racó de conversa, quan cau la tarda.

Aquest ocell graciós, de plomatge gris cendrós, pot estar-se hores dreta sobre una pota, el plomall dreçat sobre el cap, àvia-atenta a les confidències dels marrecs que la volten.

Ella caça qualsevol inquietud que s'insinua, l'assimila, la digereix i aporta la resposta tranquil·litzadora.

Quan ve la nit, desplega les seves ales perquè els petits s'hi puguin refugiar.

cara

La cara de l'àvia no necessita paraules per explicar-me la seva història, està inscrita tota sencera al voltant de la seva mirada.

Com és natural, el temps ha obert solcs en el seu front. Jo hi puc llegir llargues hores de vetlla, les penes contingudes i alguns somnis frustrats que s'esborren ben de pressa quan li somric.

Aleshores, en un racó dels ulls clars la tendresa arruga la mirada. Allà s'hi amaguen les alegries, tenaces, les puc sentir vibrar si hi passo el dit.

Al voltant dels llavis, les paraules han deixat el seu rastre: comprendre, consolar, aconsellar, estimar.

Quan li parlo de mi, totes les arrugues s'esborren perquè ella no fa altra cosa que escoltar.

És bonica, la cara de l'àvia.

cas de divorci

Les famílies més unides es veuen sotmeses, a vegades, a l'escampadissa. Els avis, que es troben al cor d'aquests moviments, asseguren la continuïtat davant dels néts.

Una àvia no deixarà de ser mai l'àvia dels nens de la primera dona del seu fill, i esdevindrà automàticament l'àvia dels primers fills del segon marit de la seva filla, mentre que serà l'àvia dels nous fills del seu nou gendre.

I en cap cas, encara que ho desitgi, no serà l'àvia dels germanastres i les germanastres dels seus néts.

Un gendre, una nora poden ser intermitents, una àvia ho és per sempre.

AVi

complicitat

Anar a passejar amb l'avi és molt bonic.

M'explica el cel i el camí dels núvols i la marxa del temps; m'ensenya els noms dels arbres i de les flors, el cant dels ocells, la llum del sol en les torres de la catedral.

Quan els oceans ens barren el pas, ell alça els braços, molt enlaire, i les aigües s'aparten per deixar-nos passar. Em parla del pont de Brooklyn, dels gratacels de Manhattan i de l'últim dels mohicans.

Quan tinc gana, seiem a l'ombra d'una olivera i ell multiplica el pa i el peix.

A l'hivern, quan la tarda cau massa de pressa, atura el sol i tornem a casa caminant sobre les aigües.

Amb el meu avi, no m'avorreixo mai.

JO PUC EXPLICAR-HO TOT A LA MEVA ÀVIA
ÉS MOLT GUAI
I BESTIALMENT MODERNA
I SUPERCOMPRENSIVA
POBRE EDUARD, SI SABESSIS QUÈ M'HA EXPLICAT L'ANNA... **ÉS ESPANTÓS!**

consell

L'àvia-animosa porta sempre una petita bossa en la qual ha guardat i ordenat alguns consells d'educació que es permet de treure de tant en tant, en el moment que creu oportú.

Comença així: «No voldria pas ficar-me on no em demanen, però em sembla, filla meva, que...»

Com si fos fet expressament, el consell que s'anuncia coincideix amb el moment més inoportú. Immediatament, la nora-desconfiada s'inflama:

—I quin retret fa l'àvia-indiscreta a l'educació del seu nét?

L'àvia-animosa esperava el contraatac, i no es deixa sorprendre.

—En el meu temps, filla, els nens...

EN EL
MEU TEMPS...

Ja hi som! La destral de guerra ha estat desenterrada, les fletxes xiulen a les orelles.

La nora-desconfiada intenta una distracció com a última oportunitat.

—Parlem-ne del vostre temps, mare...

La resposta arriba massa tard, ja res no pot aturar l'àvia-animosa, ni els segles dels segles, ni l'eternitat de les bones voluntats. Diu:

—Si et dic això, és pel teu bé.

Les paraules s'han tancat sobre elles mateixes. Qui sap què és el bé? Qui sap què és el mal?

Aleshores, l'avi, que s'haurà mantingut al marge de la discussió, assegut sobre el petit núvol que fa sortir de la seva pipa, invocarà el Gran Esperit pacificador i la calma tornarà... fins a la pròxima vegada.

consell de família

Els avis, com tothom, necessiten punts de referència. Per això, d'acord amb la tradició actual, la família reunida li lliura, en acabar l'any, el seu quadern de notes.

Ha fet progressos, però encara hi ha molt camí per córrer. De tota manera, les notes superen sovint la mitjana, i això no s'havia vist des de feia temps.

Paciència: 10 sobre 20. Escolta: 11 sobre 20. Regals: 15 sobre 20. Còleres violentes: cap. Aplicació: 9 sobre 20.

En l'apartat d'observacions, la família ha anotat: avi aplicat, però encara es deixa emportar per accessos de mal humor imprevisibles. L'actitud a taula presenta una franca millora. Caldrà, però, que repeteixi l'any per poder passar a ser avi superior.

diàleg

SÍ
VAJA
AH!
ÉS CLAR
OI
EXACTE
SÍ, SÍ,
ENCARA QUE JA SIGUIN GRANS ELS FILLS SEMPRE NECESSITEN ELS NOSTRES CONSELLS

disponibilitat

diversió

No és aconsellable fer saltar els néts enlaire, amb la intenció de divertir-los, sense haver pres abans certes precaucions.

En primer lloc, no és bo de fer aquest exercici després que el nen hagi menjat.

I abans de llançar el nen, cal assegurar-se que tornarà a caure als vostres braços, evitar en el moment de rebre'l que el cap li colpegi contra l'angle del bufet, no repetir l'experiència un nombre excessiu de vegades, perquè passa sovint que el nen se'n cansa abans que l'avi.

Finalment, estigueu atents a l'actitud dels pares, per no confondre exclamacions d'alegria amb crits de socors.

documentació

Davant dels deures dels seus càrrecs, els avis actuals no estan pas desemparats.

En efecte, una literatura abundant i especialitzada és al seu abast.

Sociòlegs, psicoanalistes, metges, homeòpates, educadors, científics, investigadors, assistents socials, associacions familiars, professors, llevadores, membres de l'Acadèmia, ministres del culte, ministres a seques, pediatres, historiadors, consellers conjugals, ginecòlegs, espeleòlegs, generalistes, terapeutes, psicoterapeutes, biologistes, gerontòlegs, veïns, pares d'alumnes, caps de clínica, autodidactes, conferenciants, psicopedagogs, sexòlegs, astròlegs i gent ben intencionada ho ha escrit tot sobre aquest tema.

Partint d'aquest fet, qualsevol error de judici, qualsevol actitud negativa, qualsevol irritació descontrolada serien imperdonables.

Per saber-ho tot, només cal consultar-los.

enfadar-se

«No voldries pas que l'àvia es vegés obligada a enfadar-se?»

És un advertiment fet en temps verbal condicional i la data límit de consum no està inscrita en la cara de l'àvia, tot i que una petita arruga entre els dos ulls permetria de pensar que l'esdeveniment es pot produir abans del previst.

Ja fa vint minuts, ben bons, que la lluita ha començat; el nen, que ja ha dominat la seva mare, avui ha decidit guanyar l'àvia.

Atrinxerat en el seu refús, deixa amb delícia que un filet de moc ragi del seu nas i engega periòdiques ràfegues de llengua a la cara de l'adversària.

Fa estona que la resta de la família s'ha retirat a unes posicions prèviament preparades.

S'han quedat sols, cara a cara.

L'hora de la diplomàcia ja ha passat, ara és l'hora del terror.

—Escolta'm bé! Tu no voldries pas que l'àvia s'enfadés!

El nen mesura la resistència del poder establert. «Quant de temps pot resistir encara, l'àvia?... i què passarà després?»

Si l'àvia s'enfada, es sentirà tan mortificada que el nen sap que la seva victòria, passatgera, es podria transformar en derrota.

«A la primera bufetada em poso a bramar», pensa la innocent criatura, «i seria estrany que abans de deu minuts no obtingués alguna llaminadura com a consol».

Cal confessar que aquest càlcul és encertat.

L'àvia se sap la història de memòria, però no pot capitular. Actua.

La bufetada serà molt suau, però els crits seran estridents.

Caldrà esperar a la mitjanit perquè s'esvaeixin els últims sanglots i gemecs i la gran desesperació.

El nen havia presumit de les seves forces. No, una àvia no és feta per fer-la enfadar.

espera

«...No hi ha cap motiu per inquietar-nos. Hauran sortit amb una mica de retard, la Núria mai no ha tingut consciència de l'hora que és, segur que el seu cotxe està en rodatge, se'ls pot haver punxat una roda, potser han fet la volta per Vilafranca per saludar els seus amics Ribot, s'hauran aturat per donar el biberó, a l'autopista és probable que hi hagi embussos, una parada per dinar, hauran agafat carreteres comarcals per tal d'evitar la caravana, i és natural que haguessin de fer algunes compres abans de marxar, no han dit pas a quina hora pensaven arribar, a més fan obres a totes les carreteres, no han trobat cap cabina telefònica, havien d'anar a buscar en Joan a l'escola abans de posar-se en ruta, ells...

«Ah!, ja són aquí... Heu arribat just a l'hora... Molt bé, fills meus.»

estada curta

Quan l'àvia passa dos dies a casa dels seus fills, és evident que ha d'adaptar-se als costums d'aquell lloc.

Un vestuari correcte, però sense ostentació, una joia, un pensament de laca als cabells, un truc discret al timbre, sense tamborinejar contra la porta, encara que trigui a obrir-se per culpa de la tele.

Si, tot just ha entrat, l'àvia ensopega amb alguns objectes que encatifen el terra, que s'aferri al moble que tingui més a prop guardant-se prou de fer el més petit comentari sobre el desordre; al contrari, que exclami alegrement:

—Magnífic, hi ha un bon ambient, aquí, es nota que és una casa viva.

I que no vulgui arrancar els seus néts de la tele per reclamar-los un petó, que ho deixi per un altre moment, si s'escau.

Com que una altra vegada ja va fer una observació sobre el curiós color del paper de les parets, evitarà fer-hi al·lusió i demanarà immediatament notícies del seu gendre, que ha anat a les Antilles amb la seva secretària, a un congrés professional.

Aprovarà aquesta conducta moderna i celebrarà tenir un gendre tan emprenedor. Treurà del moneder un mocador de batista per eixugar les llàgrimes de la seva filla i es disposarà a parar la taula.

Al vespre, desplegarà el sofà-llit on ella «dorm tan bé».

Com que la seva filla, al matí, estarà prostrada en la seva cambra, és ella qui prepararà l'esmorzar, anirà a comprar («m'entusiasma»), rentarà la vaixella i arranjarà una mica les quatre coses més urgents.

S'esforçarà per no ser-hi, ja, quan torni el gendre, encarregant a la seva filla sempre plorosa que l'abraci afectuosament i «fixant la seva pròxima estada en una data ulterior que s'haurà de concretar per comú acord».

ENDEVINEU QUI ARRIBA?
L'ÀVIA

ENDEVINEU QUI SE'N VA?
L'ÀVIA

evocació

SENYOR DIRECTOR RECORDI QUE TÉ UNA CITA A LES 10h.30, i...
UN DINAR A LES 2 EN PUNT...
A LES 4, UNA ASSEMBLEA GENERAL I DESPRÉS LA SESSIÓ DE SÍNTESI
BÉ, MARIA, JA HEM JUGAT PROU A "OFICINA". I SI ANÉSSIM A VEURE QUÈ FAN ELS NENS?
LA MARIA JA NO SAP QUÈ INVENTAR PER TENIR-ME OCUPAT D'ENÇÀ QUE M'HE JUBILAT

evolució

MATILDE ESPERA UN ALTRE NEN
PER QUAN?
FINAL DEL 94, PRINCIPIS DEL 95
!!...
EN EL NOSTRE TEMPS, LA FAMÍLIA NO LA PROGRAMÀVEM AIXÍ!!!
PERÒ AIXÒ NO IMPEDIA LA TENDRESA

experiència

És cert que hi ha diversos mètodes per formar el caràcter de la joventut, però el més temible i segur de tots és anar a pescar amb l'avi.

Cal dir que l'avi pesca a l'atzar i a la branca de salze.

L'atzar vol dir que, al primer llançament, el peixet és atrapat per l'ham al mig del ventre.

Això fa que l'avi somrigui.

La branca de salze és la que ell enganxa en el segon llançament i això, això, no el fa somriure gens.

Estirant per desfer-se'n, a vegades trenca la branca, però sempre la canya.

Cal, doncs, recomençar des de zero i preparar una segona canya. Això és delicat.

Per veure-s'hi millor, l'avi, que és miop, es treu les ulleres que deixa a qualsevol lloc, lluitarà amb el fil de niló que haurà convertit hàbilment en un seguit de nusos, perdrà l'ham, es punxarà amb el següent, trepitjarà les ulleres,

embullarà el fil en un manyoc, es clavarà l'única ortiga que hi ha en tota la vall, ficarà els peus en la cistella per al peix que només haurà servit per a això, una branca li ferirà un ull mentre busca el seu tabac, només pronunciarà onomatopeies inintel·ligibles i finalment perdrà el rellotge dins l'aigua quan llenci la canya.

És l'apoteosi.

Durant aquest combat, el comportament del nét ha d'estar presidit per l'atenció i l'afalac, evitant de fer reflexiones, fins i tot infantils; present a l'esdeveniment, això sí, però amb la distància respectuosa que exigeix la seva tendra edat. I quan, a l'acabament de la jornada, el tap flotarà finalment en la superfície de l'aigua, se n'anirà a seure al costat del seu avi, pregant que no vingui cap peix a mossegar l'ham i trenqui aquesta serenitat.

De tota manera, aviat serà l'hora de tornar a casa.

família nuclear

Les diferències d'origen social, poden ser una font de conflictes en el si d'una gran família?

La família PROTÓ, comet un error si s'alia amb els NEUTRÓ?

Ho proclamem: no!

La família PROTÓ era una molt antiga família de partícules que posseïa des de sempre propietats químiques i algunes centrals en terres de l'Ebre. Un dels seus avantpassats. Sincrotró, bisbe d'Ascó, fou canonitzat el 1515.

O sigui que els PROTÓ eren algú. La família NEUTRÓ, al contrari, estava formada per cossos simples, desproveïts de càrrega elèctrica i de qualsevol ambició.

Per això, quan el jove hereu dels PROTÓ va manifestar la seva intenció de casar-se amb Angeleta NEUTRÓ, és lògic que es temés, per un instant, que aquest enllaç desigual podia provocar una fissió.

Gràcies a Déu, tot va anar bé. Amb el naixement del petit ELECTRÓ, fruit d'aquesta unió, les dues famílies van constituir un nucli sòlid i, al voltant del bressol, pares i avis van descobrir que tots tenien àtoms ganxuts.

Són un exemple per a totes les famílies desintegrades del món.

família política

favor

Qui vol fer un favor a l'àvia?, crida ella, picant alegrement de mans, unes petites mans clivellades per anys de bugada.

L'àvia és simpàtica, somniadora, confon els seus desitjos amb realitats. La pregunta obté la indiferència general.

Els nens seuen davant la tele i miren els dibuixos animats.

L'àvia té altres cartes a la màniga: «Nens, organitzem un joc. Parem la taula. En Tomàs posarà els plats, Sofia els vasos i els coberts, Mireia el pa...»

L'àvia és l'única que sembla divertir-se amb aquesta proposta.

És el moment de la publicitat, meravellós instant en què uns «bombons» de dones venen iogurts. Els nens s'hi engresquen, sobretot amb els bombons, i més si són de xocolata. No se'n volen perdre ni una engruna.

L'àvia posarà els plats i les forquilles i els vasos i el pa i els tovallons, dindirindon...!

Però demà, ja està dit, és l'àvia qui mirarà la tele.

fer bondat

LI HE DIT:
"SI FAS BONDAT...
L'AVI
ET COMPRARÀ UNA
BONICA JOGUINA...
ET PORTARÀ
AL RESTAURANT...

I DESPRÉS ANIREU AL CIRC!!
I DONCS?

NO HA FET BONDAT!!!

festa

Avui, 15 d'agost, en Pere fa deu anys.

Esperava aquest dia amb impaciència, perquè sabia que a casa dels avis seria el rei de la festa.

En les famílies extenses, la gestió de la festa exigeix un sentit molt profund de l'organització. Això es regeix com una multinacional, i els avis en són especialistes.

Avui, doncs, han agrupat hàbilment l'aniversari d'en Pere amb el d'en Lluís, encara que el d'en Lluís no s'escaigui fins al cap de quinze dies.

S'aprofitarà l'ocasió per celebrar el sant de la Maria, la Maria Dolors, la Maria Àngels i en Joan Maria ja que hi estem posats.

Com que es dóna el cas que, d'aquí a pocs dies, serà l'aniversari dels deu anys de matrimoni d'en Miquel i la Clara, la celebració serà simultània, així com la de l'ascens d'en Ricard, el títol de batxiller d'en Jordi, la sortida de l'hospital de la tia Rosa, i la Verge Maria.

En Pere ha quedat una mica decebut.

fotografies

garba de pensaments

Quan la vista s'escurça és quan la mirada va més lluny.

Una bona memòria inclou sempre segones intencions.

Les àvies fan ganxet de records.

Els records no perden res esperant.

Els dies d'ahir fan més llargues les nits d'avui.

La família és un refugi que demana altitud.

Els néts són la primavera quan ha arribat la tardor.

Les autèntiques batalles es guanyen quan sona la retirada.

Hi ha un temps per cada cosa, el que passa és que l'únic que falta és el temps.

La situació professional us porta la jubilació. La situació d'avi us la pren.

gormanderia

ESMALT
BRIDGE
VISITES
QUÈ TRIARÉ?
¡ AVUI QUÈ TENIM PER SOPAR?

gravidesa

Hi ha àvies que pareixen per filla o nora interposada.

D'això se'n diu una gravidesa o un embaràs nerviós. Cal que, des dels primers símptomes, la futura àvia consulti un especialista, que li aconsellarà que controli els seus propòsits i orienti les seves reflexions.

No és recomanable una excessiva precipitació a fer robeta de punt ni a triar un nom. Aquest estat febril és inevitablement perjudicial per a l'àvia i el nen.

Durant els últims mesos, l'àvia haurà de viure relaxada, sobretot si es tracta del primer nen. Així que noti les primeres contraccions, haurà d'ingressar a la clínica.

Mentre treballi, s'esforçarà a controlar la respiració i, quan senti el primer crit del nou nat, es desmaiarà.

És urgent que, en aquest moment, sigui tallat el cordó umbilical.

A qualsevol edat és bonic donar la vida.

gresol d'emocions

Ha tingut la seva néta entre els seus braços, és la primera vegada.

Què és aquesta petita corda que vibra dins el pit?

El fràgil caparró descansa sobre l'espatlla.

D'on neix aquesta escalfor?

Una nova mirada, un primer somriure.

Per què aquesta emoció en un racó de l'ull?

I aquest filet de bava que rellisca sobre l'americana com una condecoració... La vida nova ha marcat el seu territori.

harmonia

TE'N RECORDES? ÉS AQUÍ ON ENS VAM CONÈIXER
I AQUÍ ENS VAM PROMETRE
AQUÍ VAS GOSAR FER-ME UN PETÓ
I AQUÍ EM VAS DONAR UNA BUFETADA
EM FA L'EFECTE QUE SOM AHIR
TORNA, IMBÈCIL. JA SAPS QUE FA TRENTA ANYS QUE T'ESTIMO

herència

EL FRONT, DE
L'ONCLE QUIM...
...LA BOCA DE
LA TIA MARTA
AMB AQUESTA GENT..
EM SERÀ DIFÍCIL
SER JO MATEIX

informe

AVI, EXPLICA-HO
ÉS FANTÀSTIC QUAN ENS EXPLICA QUÈ LI VA CONTESTAR A L'AMO QUAN LI VA DIR QUE EL JUBILAVA

insomni

DORMS?
NO
QUÈ PENSES?
RES
DONCS DORM
NO PUC
DONCS PENSA
QUÈ?
QUE HAS DE DORMIR!
DIGUE'M, PENSES?
NO! DORMO

jocs

El primer deure d'un avi és jugar amb els seus néts.

Entre els jocs senzills i a l'aire lliure, citem: l'avió que es dispara amb una goma (preveure gomes de recanvi i una escala llarga), les bombolles de sabó, l'estel, la partida de botxes...

A l'avi li agrada jugar a botxes, sobretot quan ningú no en té ganes; aleshores descobreix una veu alegre i pica de mans per avalotar la població.

En aquestes ocasions, l'interès general és posar-se lluny de l'abast de la seva veu, però la tenacitat lúdica de l'avi és més forta. Anirà a perseguir els recalcitrants i si no es vol que faci la cara de les solemnitats és preferible designar alguns voluntaris.

La partida de botxes comença amb la recerca de les boles, i això pot durar deu o vint minuts, segons el cas, i tindrà la virtut d'enervar profundament l'avi.

Un cop trobades les boles miraculosament

sota un llit, l'avi descobrirà que en falta una i que és impossible formar els equips. El nen intel·lectualment més ràpid anunciarà que ell se sacrifica, que es retira de la competició «en benefici dels altres», i s'allunyarà observat per les mirades envejoses de germans, germanes, cosins i cosines.

El joc pot començar, finalment, amb la condició de trobar el *cochonnet*, la boleta petita.

—Però si en vaig comprar un sac, per Setmana Santa —dirà l'avi i, contra tota esperança, no abandonarà per tan poca cosa la decisió de jugar, i substituirà «enginyosament», diu ell, la petita bola per una petita poma verda que passava per allà...

S'ha llançat la primera bola. L'avi està content, es veu ben clar, perquè s'ha servit una copeta d'anís.

Al cap de deu minuts de joc, que semblen una eternitat, una certa lassitud s'apodera dels jugadors. L'un no troba les seves boles,

l'altre no ha vist la marca de llançament feta a terra, el més nerviós s'ha masegat un dit picant les seves boles l'una contra l'altra, abans de deixar-ne caure una sobre un peu de la cosineta. Ploren, i és bona cosa, es tracta de divertir-se.

Ja fa estona que ningú no recorda els punts que han fet, llevat de l'avi, que sura per damunt de tot.

En aquell moment, el més jovenet intentarà un cop de bola arriscat, i se'n sortirà.

—Ben jugat —dirà l'avi, irritat—. Si HOM s'apliqués al joc, si HOM no fes les coses de qualsevol manera, HOM es podria divertir molt...

Els «HOM» arronsen les espatlles i l'àvia, que ensuma la tempesta, declara que és hora de seure a taula, cosa que es farà ràpidament, sense guardar les boles, i caldrà esperar que dels canelons gratinats no en quedi cap per veure com l'avi es calma i proposa la revenja per l'endemà.

joventut

DIGUES, ÀVIA, HAS CONEGUT FELIP V?
¡ARA!
¿I EL GENERAL PRIM?
NO
¿I RIUS I TAULET?
!...
A VEGADES EM PREGUNTO SI VAL LA PENA ESFORÇAR-SE PER DISSIMULAR L'EDAT

lirisme

llibertat

NO SÉ SI EM VOLDREU CREURE...
PERÒ HE HAGUT DE PASSAR-ME LA VIDA CORRENT
I ARA?
ARA CORRO PER PLAER
PIEM

llum d'espelmes

Per celebrar l'aniversari de l'avi, s'ha preparat un gran pastís.

S'han corregut les cortines, s'han apagat els llums i quan el pastís ha arribat, amb totes les espelmes, i n'hi havia moltes, s'hi veia com si fos de dia. Fins i tot es podia veure com l'avi estossegava.

Somrient, ha dit, baixet: «Jo sóc la llum» i tot seguit ha bufat les espelmes.

El nen ha dit, més tard:

—Jo també, quan sigui gran, tindré un pastís que il·luminarà...

mals encreuats

mimetisme

AVI, EXPLICAN'S MÉS COSES DE QUAN ERES PETIT
JA NO SAP QUÈ INVENTAR-SE PER FER-LOS FELIÇOS

necessitats

noms

La tria del nom dels néts ja pertoca menys als avis que als mateixos interessats.

Els pares són els únics responsables d'aquesta decisió i és preferible estar disposat a tot.

Si compteu amb la confiança dels pares potser sereu admesos a participar en la recerca, però heu de saber que els vostres suggeriments tenen poques possibilitats de ser tinguts en compte.

No dubteu, però, a evocar algun avantpassat simpàtic i de bona reputació si voleu intentar que prevalgui un nom modest però de qualitat. Potser tindreu la sort de veure'l aparèixer en tercera posició, o en quarta, o en el marc d'un nom doble, tan valorat avui dia.

Però si, com acostuma a passar, us trobeu davant d'un fet consumat, no manifesteu cap sorpresa i confesseu, fins i tot, que sembla mentida que no se us hagi acudit abans.

Si us hi identifiqueu des dels primers mesos de l'embaràs, és molt possible que aquest nom us sembli, quan arribi el dia, el més bonic del món. Per afavorir-ho, aprofiteu els nou mesos per repetir el nom cada vespre, davant del vostre mirall, abans de ficar-vos al llit, perquè us sigui ben familiar, i veureu com tot anirà bé...

... Filomena-Maria.

P.S. Quan al cap d'uns anys algú dirà aquest nom original en una plaça, hi acudiran immediatament tres-centes cinquanta nenes.

normalització

nostàlgia

VIOLETES...
QUÈ SÓN ?

PASSEN DE TANT EN TANT, COM UNA VENTADA

els oblidats

Quan els avis s'han fet vells, a vegades es concentren en reserves.

Se'ls pot veure, després de dinar, reunits en grups de quatre al voltant de taules de joc, amb les cartes a la mà.

Durant molt de temps s'ha cregut que jugaven al bridge, però avui se sap que juguen al joc de les set famílies. Les cartes són fotografies que ells van passant-se de mà en mà.

«Mamà-pastís demana un nét allunyat... Avi-rondinaire desitjaria una nora amable... etc.»

Quan un dels jugadors aconsegueix formar una família completa, fa uns petits crits i eixuga furtivament una llàgrima.

oposició sistemàtica

Mireia no vol fer un petó a l'àvia.
L'àvia ho fa saber a la seva filla.
La seva filla renya Mireia.
Mireia treu la llengua a la seva mare.
La seva mare se'n queixa a l'àvia.
L'àvia ho diu a l'avi.
L'avi clava una bufetada a Mireia.
Mireia se'n queixa a l'àvia.
L'àvia ho retreu a l'avi.
L'avi treu la llengua a l'àvia.
L'àvia, plorant, es tanca a la seva cambra.
El dia s'ha esguerrat.
Mireia ha guanyat.

Trenta anys més tard, amb motiu d'una psico-anàlisi, Mireia ha comprès el seu error.

optimisme

organització

paciència

L'àvia té una paciència d'àngel i una capsa de pastilletes. Utilitza l'una o l'altra alternativament, segons les circumstàncies, i totes dues al mateix temps segons les necessitats.

Completa aquesta teràpia amb gimnàstica respiratòria, aconsellada per un metge, ja retirat, però que coneix la família.

Per la seva banda, un investigador del Centre de Recerca Científica, professor de bio-física mol·lecular, ha calculat els límits de la paciència angèlica de l'àvia. El resultat de les seves investigacions s'ha publicat en un número de *Ciència i Vida*.

Ha triat, com a test de referència, el dia en què l'àvia va saber que la seva filla menor i sol-

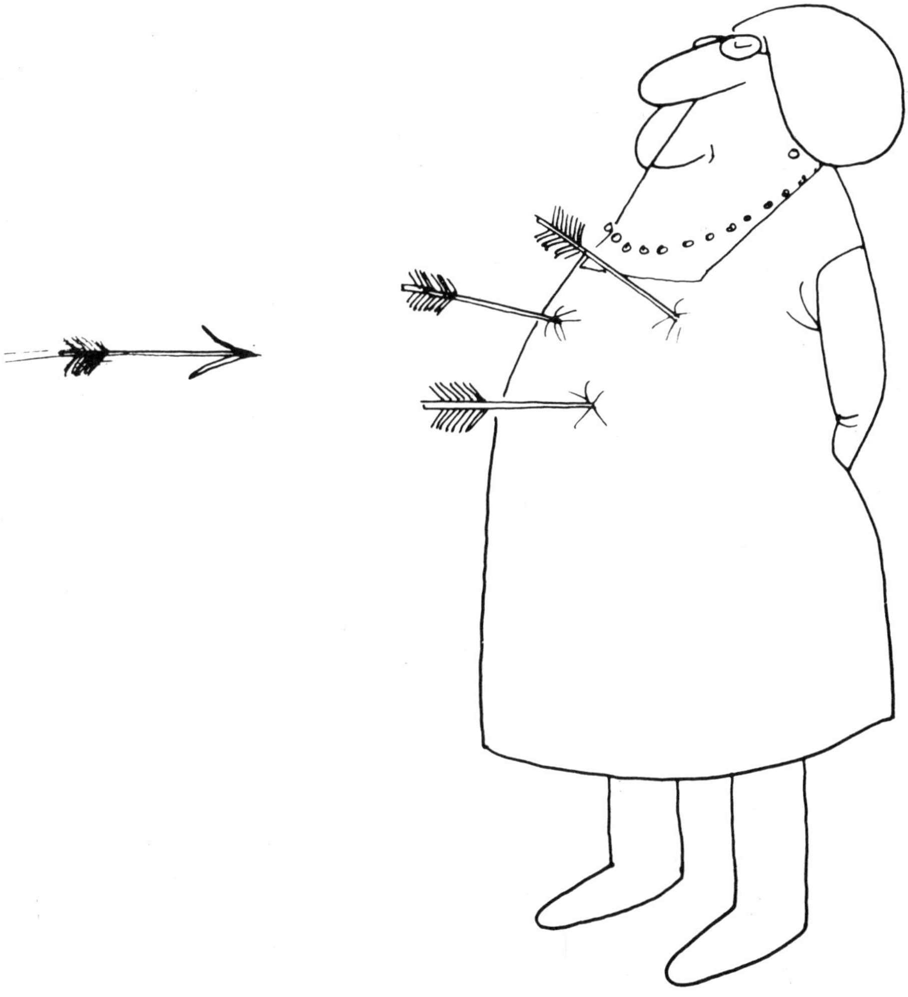

tera tindria un nen, i que el tindria aviat i prematur.

Dotada de paciència d'àngel, és normal que l'àvia demanés en primer lloc l'auxili del seu àngel personal, però era un gat vell i no li va proporcionar cap ajut.

L'àvia invocà aleshores sant Jordi, que ja havia estat utilitzat en circumstàncies dramàtiques, drac inclòs. Però el problema era molt diferent. El sant va declarar amb rotunditat que ell estava especialitzat en el gènere donzella, que aquest cas no era de la seva competència i que ho sentia molt.

Com que la cosa urgia, l'àvia mobilitzà tots els exèrcits celestials.

Va experimentar tot seguit un cert alleujament, que li va permetre arribar en un temps rècord al calaix de l'armari de la seva cambra on guarda la capsa de pastilles.

Va ingerir-ne una dosi doble, respirà a fons i el resultat fou fulminant.

—Oh, quina cosa més maca —va dir a la seva filla—, m'alegra pensar que anunciaré la bona notícia al teu pare, que saltarà d'entusiasme.

És exactament el que va fer el futur i prematur avi, que demanà quinze dies de festa a la feina per recuperar-se, lluny de tot, en un petit xalet de muntanya que tenien en copropietat cap a la banda del Berguedà.

paraulotes

«Pipí, caca, cul» són expressions típicament infantils a través de les quals només s'hi ha de veure malícia.

Utilitzades al començament amb innocència, es poden convertir, sobre tot si són practicades en grup, en alegres esclats de riure. Entre els protagonistes naixerà una rivalitat i, cedint a una imaginació descordada, cada infant voldrà trobar el mot més brut.

Us equivocareu si el fet us ofusca, perquè això només aconsegueix augmentar la provocació; restar indiferent serà igualment desencertat, perquè l'infant decebut tendirà a forçar el seu talent, amb l'esperança de tocar-vos de ple amb una salva mortal.

Més aviat és aconsellable entrar en el joc per tal de desarmar l'adversari, cantussejant, per exemple, el text atrevit amb una melodia popular: «Les tres caques van al camp, la primera, la primera...»

Si canteu prou bé, la melodia s'imposarà al text i haureu vençut.

partença

Les vacances s'han acabat
s'han endreçat les coses
s'han recollit les joguines
s'han fet les maletes
hem dit a reveure
tot s'ha posat dins el cotxe
ens hem fet els últims petons
papà s'ha assegut al volant
mamà al seu costat
s'ha dit «ja ens escriurem»
han pujat a l'auto
han petat les portes
el cotxe ha engegat
encara hem saludat
el cotxe ha desaparegut

i nosaltres hem tornat a ser... dos.

petita escapada

L'avi i l'àvia han agafat el cotxe i han sortit de viatge, sols com uns enamorats, com uns egoistes.

Al capdavall, hi tenen tot el dret. Feia vint minuts que circulaven quan l'àvia ha suggerit una primera parada per fer una petita telefonada, per saber com anava l'otitis de la Mercè.

—No està pas resolta, sembla —ha dit a l'avi— però continuem el viatge, ja tornarem a trucar més tard.

A l'ombra de la porxada de Granollers han enviat postals als nens; i a la sortida de Granollers, també: s'havien oblidat de la Roser.

Han continuat per la carretera d'una sola tirada fins a la pròxima cabina telefònica.

—El metge ja ha visitat la Mercè, estem al corrent.

L'hotel de la Pineda és confortable; des de la finestra de la cambra es veuen els boscos del Vallès i a més hi ha telèfon.

—Saps què estaria bé?, trucar la Maria Lluïsa per felicitar-la pel seu èxit de C.O.U. Mentre telefones, escriuré quatre ratlles als pares de l'Albert, que han perdut el seu pare, segur que n'estaran contents.

—Mentre vas a pagar a la recepció, faig una ràpida trucada per saber com va l'otitis de la Mercè, i després en marxa cap al Montseny.

—La Mercè està millor, però a en Quim l'ha picat una vespa... no és greu, però els he dit que els telefonaré més tard.

—Tenim sort, fa un temps meravellós al Montseny. Mentre llegeixes el diari a la terrassa, trucaré l'Eulàlia per saber com està en Quim.

—No ha estat res, però l'otitis de la Mercè es complica... Però vaja, l'Eulàlia ens diu que no modifiquem per res el nostre programa... són molt amables.

—Creus que serem a Vic abans de les nou? M'agradaria no haver de telefonar massa tard.

—He oblidat de dir-te que estic llegint un llibre de pedagogia, i diu que cal considerar els nens com uns adults, fins i tot abans que neixin.

—És bonic estar junts, tots dos, i poder conversar tranquil·lament.

petita migdiada

És costum que, després d'haver dinat, el nen dormi una estona.

No hi ha gaires infants que s'adaptin fàcilment a aquesta tradició, i deuen tenir les seves raons.

La cronologia dels fets serà la següent: primer, el refús obstinat de l'interessat davant l'exigència de la mare i la paciència de l'àvia; després vindran l'autoritat del pare, els plors de l'infant i encara la paciència de l'àvia; finalment la còlera de l'avi, l'estupefacció del pare, la rebequeria del nen, l'esgotament de la mare i la paciència de l'àvia.

XiiiT!
EL NEN
DORM
CRAC

Quan la incoherència serà general, i només en aquest instant, l'infant acceptarà d'anar a dormir, però amb la condició d'endur-se a la seva cambra dues barretes de xocolata, tres galetes i l'àvia, petició que serà admesa sense discussió.

La casa entrarà aleshores en un estat de letàrgia, i qualsevol activitat serà prohibida en un radi de quaranta metres al voltant del lloc de repòs.

Aquesta petita migdiada començada tan treballosament pot ser que s'allargui fins molt tard, i per això, quan vindrà la nit, el nen no tindrà son i serà gairebé impossible enviar-lo al llit.

el piano

Quan la Laia, 8 anys, s'instal·la al piano per tocar *Per a Elisa*, la família reunida està disposada animosament a tot.

Quan falla la primera nota, abans del que estava previst, l'àvia dirà amablement: «No passa res, bufona», li acostarà el tamboret i farà callar els maleducats.

A la segona nota falsa, que apareixerà a l'instant pronosticat, l'àvia demanarà a l'avi que vagi a buscar un volum de l'Enciclopèdia Universal perquè la Laia no trobi el tamboret tan baix.

A la tercera nota falsa no passarà res i el silenci feixuc anunciarà la tempesta.

La Laia ataca el nou fragment amb un visible estat de nervis.

Aquesta vegada, gràcies a Déu, la falsa nota no es fa esperar, colpeja l'assemblea com una martellada.

L'àvia necessitarà força temps per remuntar la moral de la Laia, acumulant una colla de promeses que es creurà obligada a mantenir durant els pròxims cinc anys.

L'avi tancarà el piano amb clau, i la clau la perdrà inconscientment.

Elisa esperarà que li arribi allò que li havien de dedicar. Ella és la que cal plànyer més.

I ARA TOCARÉ "LA MER"

precaucions

Com que no hi ha res tan trist com una gran casa buida, és natural que ens disposem a acollir els néts amb una immensa alegria.

De tota manera, és prudent adoptar algunes precaucions.

Posar una barrera dalt de tot l'escala, amagar la reserva de xocolata, allunyar de totes les superfícies murals els bolígrafs indelebles, completar el contingut de la farmaciola, enganxar el número del metge, amb xifres ben grans, sobre el telèfon, doblar la dosi de calmants de l'avi, advertir els veïns, acceptar que es pot produir qualsevol imprevist i tenir sempre ben present que una petita bestiesa en pot amagar una altra.

provocació

EL PRIMER PREMI ÉS UNA ESTADA DE VUIT DIES AL MARROC...
AMB UNA PERSONA DE LA SEVA TRIA
EN QUÈ PENSES ?
EN LA MEVA TRIA
NO EM DONIS MÉS ESGLAIS ESTÚPIDS

qualificacions escolars

«Em sembla que l'avi va tenir algunes dificultats quan feia els estudis secundaris.»

Això és, en tot cas, el que deixa entendre l'àvia el dia que els néts presenten el balanç de l'any escolar.

Com que aquestes coses ja no depenen de la seva jurisdicció, l'avi es mostrarà, de tant en tant, magnànim i olímpic.

Davant d'un zero, alça una cella, i totes dues davant d'un zero tendent a un; un tres li fa arrufar el nas, i davant d'un quatre se n'alegra:

—És un resultat prometedor —diu, omplint la pipa—. Persevera, fillet.

Tranquil·litzat per aquest auguri, el nen repetirà el vuitè.

ENSENYA LA LLIBRETA DE NOTES A L'AVI
AH! AH!
OH! OH!
BÉ! BÉ!

BRAVO! BRAVO!

EM SEMBLA QUE ESPERAVA UNA ALTRA COSA
GARREPA! GARREPA!

quietud

HA ARRIBAT EL FELIÇ MOMENT
...QUE JO EM DEDICO AL BRODAT
...I TU
A LA PINTURA

records

A casa, quan hem de fer un viatge entrem al garatge per pujar al cotxe del papà.

A casa l'àvia, per viatjar pel passat, pugem a les golfes on hi ha el bagul de vímet.

L'àvia té permís de conduir records, i condueix molt bé.

Cal veure com agafa el vell barret de palla d'arròs que va portar el dia del casament dels meus pares.

No comet mai un excés de tristesa mirant pel retrovisor.

El bagul de vímet fa rum-rum. Ella recull una nina de drap que sembla que hagi fet autostop i que no para de xerrar. Avança per un

collaret de perles, les del capdavall estan totes trencades, i l'àvia ha hagut d'aixafar una llàgrima, però aleshores ha agafat un camí transversal que era ple de bonics poms de flors seques i de fotografies encintades.

L'àvia continuava avançant lentament perquè jo pogués veure el papà quan era nen, i l'avi quan tenia vint anys, i un senyor vell amb un *canotier* i l'oncle Pau vestit de militar i la casa de Premià.

Jo m'he emportat una petxina que l'àvia m'ha donat; la guardaré entre els meus records.

Hem tancat el bagul de vímet... i l'àvia m'ha fet un petó.

AQUÍ TOTHOM DIU QUE SE T'ASSEMBLA

semblances

Quan neix un nét o una néta, és recomanable plantejar el tema de les semblances genètiques amb prudència.

Quan us inclinareu sobre el bressol amb èxtasi, no heu d'utilitzar l'expressió «És el retrat clavat de...» d'una manera imprudent.

És molt més hàbil, en efecte, si voleu que tothom estigui content, de jugar a totes dues bandes: la part de baix de la cara del nou nat és de la mare, la part de dalt és del pare.

En cas de conflicte, no oblideu les orelles, que poden ser un bon recurs.

I sobretot, no oblideu que els pares són molt sensibles a aquest primer judici.

Si el color massa fosc de la pell fa impossible qualsevol atribució de semblança, us queda la possibilitat de recordar un oncle-avi que, diuen, va viure a les colònies.

sexualitat

L'ocellet, l'aixeta, la cigonya, la col... ja fa temps que estan guardats al magatzem dels accessoris.

Voler posar-los altra vegada en circulació, en una conversa sobre l'art i la manera de posar fills al món, seria estranyament desfasat i la vostra respectabilitat es veuria amenaçada.

En alguns casos, l'exemple d'un endoll pot ser encara relativament útil, cal tenir resposta per tot. Els endolls múltiples mascles i femelles al mateix temps, que s'encaixen els uns dins els altres poden suggerir preguntes que la moral reprova.

Si, com és probable, el vostre nét us ensenya dues o tres coses sobre aquesta matèria, no adopteu pas un aire de sorpresa i espereu que s'hagi allunyat per tal d'informar-vos seriosament amb una persona de confiança.

somnieig

MAGDALENA, ET VEIG NEGUITOSA AQUESTS DIES
T'INQUIETES PELS NENS?
EN CARLES SEMBLA ENAMORAT I AIXÒ ESTÀ BÉ
LA BEL HA TRENCAT AMB AQUELL TANOCA, ÉS UNA BONA COSA
SI TOT VA BÉ, DONCS, PER QUÈ T'ANGOIXES?
EM PREGUNTO SI, EN LA UNIVERSITAT DE LA 3a. EDAT, M'INSCRIURÉ EN CIVILITZACIÓ EGÍPCIA O EN LITERATURA AMERICANA

sortida

AVI, ENS PORTARÀS ALTRA VEGADA AL PARC D'ATRACCIONS?
SÍ
ENS COMPRARÀS BOMBONS?
SEGUR
ENS DEIXARÀS PUJAR ALS CAVALLETS?
POTSER SÍ
TORNARÀS A BAIXAR PEL TOBOGAN AMB NOSALTRES?
NO

suggeriment

a taula

Un àpat familiar, que reuneix tres generacions al voltant d'una taula, ha de sotmetre's a regles estrictes.

A qui correspon el poder de decisió? Imaginem, per exemple, el moment inevitable que un dels néts demanarà permís per no acabar-se el que hi ha en el seu plat. Haurà de formular la petició als seus pares o als seus avis?

Suposem que s'adreça a l'avi i que aquest hi està d'acord; aquesta decisió serà discutida, noranta vegades de cada cent casos, per la mare del nen, sobretot si es tracta de la nora.

Per tal d'evitar aquest risc, l'avi caldrà que prengui nota de la petició del nen i que la comuniqui immediatament a la seva nora. Si aquesta persona aplica les normes elementals d'una bona educació,

sotmetrà la seva decisió a l'aprovació de l'avi abans de dir al nen, associant els dos poders: «Si l'avi ho permet, per una vegada t'autoritzo que...»

L'avi ha de solidaritzar-se amb el punt de vista maternal, sigui el que sigui.

Naturalment, tot això demana un cert temps, i el nen l'haurà aprofitat per tombar el seu vas, ficar les mans a la salsa, empastifar les tovalles i trencar un plat.

Hi haurà llàgrimes, i crits, i sospirs, però la jerarquia dels poders haurà estat respectada, i això és el més important.

tricot

¡UPI
EN JORDI L'HAN SELECCIONAT PER A UNA PLAÇA A LA CERDANYA
JA SABIA QUE TENIA MOTIUS PER TRICOTAR UN PASSAMUNTANYES

urbanitat

I ARA QUÈ ES DIU?
GRÀCIES
GRÀCIES QUI?
IAIA
ETS MASSA TOU AMB ELS NENS. ELS HO BUFES TOT

viatges

L'ANY PASSAT VAM FER EGIPTE..
I EL SUD DEL MARROC
AQUEST ANY ISRAEL I GRÈCIA
I L'ANY QUE VE, QUÈ FAREU?
LA MIGDIADA!

visita protocolària

El primer de gener, el ritual disposa que anem a casa de l'àvia-tibada, l'àvia que només veiem una vegada l'any. Quan el papà en parla a la mamà, l'anomena «Tamare».

També hi seran els oncles i les ties, els cosins i les cosines i el cosí Ramon que em cau tan malament.

L'àvia-tibada em dirà que he tornat a créixer, que m'assemblo, ai, cada vegada més al meu pare, que el meu vestit té una taca; em demanarà que reciti una poesia que no conec i em proposarà, si sóc bon minyó, que repeteixi de gelat.

Em donarà un petit regal de la mena «no és gran cosa, el que compta és la intenció».

L'oncle Pau haurà begut una mica

massa i la tia Roser li demanarà que calli. Es parlarà del temps que ha fet i del que farà.

El cosí Ramon pessigarà la meva germana, l'avi parlarà de política amb l'oncle Guillem, no estan mai d'acord.

La tia Roser ha trencat el seu collaret de perles, i cal aplegar-les; en falta una, i jo dic: «El cosí Ramon se l'ha empassada». Li fiquen dos dits a la boca, el pengen pels peus, s'avisa el metge, torno a menjar pastís de llimona, l'avi engega la tele, l'àvia-tibada ja guarda les tasses de te.

Quan el metge ha arribat, jo he tornat la perla que m'havia amagat, la tia Roser m'ha donat les gràcies i després hem tornat a casa i el papà m'ha clavat un bolet.

vitalitat

Aquesta tarda l'àvia va al seu curset de civilització egípcia. Al vespre, si pot, s'arribarà un moment al taller de modelatge on pensa que ha deixat la seva aliança en el fang pastat d'una gerreta de terra que havia començat la setmana passada. «I am very stupid» diu, d'ençà que fa un curs d'anglès, un cop per setmana, a l'associació de veïns, on hi arriba fent *jogging* amb els seus amics del grup de marxa que va a la Conreria cada primer dissabte de mes, llevat d'abril, quan assaja amb la coral el concert de la festa de les antigues alumnes de Santa Clara, amb les quals ha fet el viatge a Terra Santa, seguint les passes de sant Pau, i d'on ha portat una colla de fotografies que ha enganxat en un àlbum relligat per ella mateixa, al taller dels «Amics del llibre i del pensament», en el qual s'ha inscrit perquè es tracta de fer alguna activitat.

week-end

La Clara ha aprofitat la seva estada a casa dels avis per empassar-se una moneda de duro, desitjosa, segons explicarà més endavant, de donar una mica d'interès a unes visites que tendien progressivament a la monotonia.

Durant el trajecte que les conduïa a l'hospital, l'àvia ha tingut temps sobrat, enmig dels embussos, d'explicar a l'avi, amb el reforç dels gestos, la semblança que podia existir entre el recorregut d'una moneda dins una màquina de rentar i l'esdeveniment que en aquell moment els preocupava.

Així, amb uns coneixements més aprofundits de les arts domèstiques i una certa angoixa al ventre, l'avi ha aturat el seu cotxe, una hora més tard, davant el servei d'urgències.

La Clara havia triat un dissabte de pasqua. Els serveis hospitalaris semblaven en plena letargia. El temps es fa etern quan la impaciència atura els rellotges. L'avi estava excitat, i arribà fins i tot a amenaçar que cridaria els serveis de reparació d'una empresa d'electrodomèstics...

¿Va ser aquesta al·lusió a la competència, o una altra causa? El fet és que l'amenaça va fer el seu efecte i, des d'aquell moment, les coses es van encarrilar.

La moneda fou extirpada i la guardiola tornada als seus avis.

A vegades em pregunto com és que hi ha persones que s'avorreixen el cap de setmana!

zel

NO! T'ASSEGURO QUE TOT VA BÉ
SÓN ADORABLES
¡ L'AVI ESTÀ ENCANTAT.
S'HA TRET 50 ANYS DE SOBRE
AQUESTA PILOTA ÉS MEVA!

índex

Prefaci	7
Acord estel·lar	15
Anunciació	17
Bones notícies	19
Bucòlica	21
Cara	22
Cas de divorci	23
Complicitat	25
Comprensió	26
Consell	27
Consell de família	30
Diàleg	32
Disponibilitat	33
Diversió	34
Documentació	37
Enfadar-se	38
Espera	40
Estada curta	42
Evocació	46
Evolució	47
Experiència	48
Família nuclear	51
Família política	52
Favor	53
Fer bondat	54
Festa	56
Fotografies	58
Garba de pensaments	59
Gormenderia	60
Gravidesa	63
Gresol d'emocions	64

Harmonia	65
Herència	66
Informe	68
Insomni	69
Jocs	70
Joventut	74
Lirisme	75
Llibertat	76
Llum d'espelmes	77
Mals encreuats	78
Mimetisme	79
Necessitats	80
Noms	81
Normalització	83
Nostàlgia	84
Els oblidats	87
Oposició sismetàtica	89
Optimisme	90
Organització	91
Paciència	92
Paraulotes	97
Partença	99
Petita escapada	100
Petita migdiada	104
El piano	106
Precaucions	109
Provocació	110
Qualificacions escolars	111
Quietud	114
Records	115
Semblances	119
Sexualitat	121
Somnieig	122

Sortida	123
Suggeriment	124
A taula	125
Tricot	128
Urbanitat	130
Viatges	131
Visita protocol·làraria	132
Vitalitat	135
Week-end	137
Zel	139